A mis padres.
A todos los que hacen libros.
M.R.J.

EL LIBRO QUE KIBO ESCRIBIÓ

Mariana Ruiz Johnson

TakaTuka

Atardecía en la sabana caliente. El día de Kibo había sido como el de cualquier rinoceronte. Había tomado el sol, había bebido agua de los charcos y había agitado la cola para espantar las moscas.

Como todas las noches, Kibo se sentó
a escribir. Escribía sobre
el cielo rojo de la sabana,
las siluetas de los pájaros,
el zumbido de los insectos.
Tanto escribía que esa noche se dio
cuenta de que había escrito un libro.

Desde las ramas de una acacia, la garza Naki lo había leído todo. Esa noche de luna redonda bajó del árbol y con su pico cosió todas las hojas del libro de Kibo y le puso unas tapas amarillas como la sabana.

l día siguiente se despidió de Kibo y remontó el vuelo. Atravesó la sabana, cruzó el mar y, sin que nadie se diera cuenta, tiró el libro desde el aire en un rincón perdido de la ciudad.

El primero en encontrar el libro fue Camilo, el león. Su olor le recordaba la sabana donde había nacido, así que decidió llevárselo a casa.

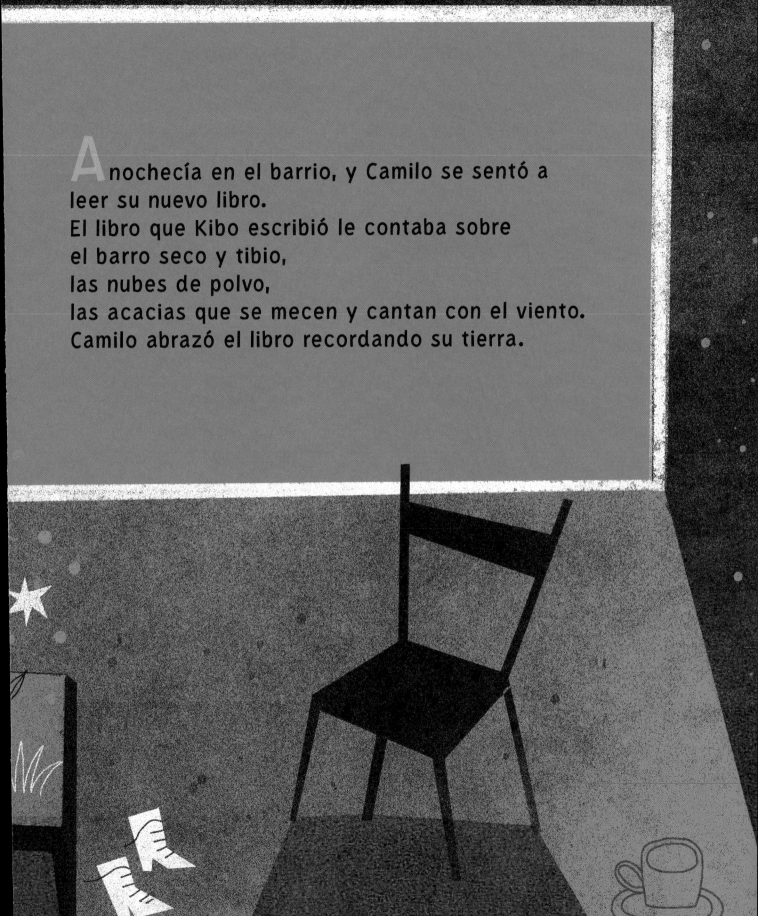

Anochecía en el barrio, y Camilo se sentó a
leer su nuevo libro.
El libro que Kibo escribió le contaba sobre
el barro seco y tibio,
las nubes de polvo,
las acacias que se mecen y cantan con el viento.
Camilo abrazó el libro recordando su tierra.

Al día siguiente, Camilo se levantó de buen humor y pasó a buscar a su amigo Simón, el conejo. Mientras Camilo contaba historias de la sabana, comieron sándwiches junto al río. Antes de despedirse, Camilo le regaló a Simón su libro amarillo.

Anochecía en la ciudad. Con el murmullo de la gente, las bocinas de los autos y las luces de neón de fondo, Simón se sentó en la terraza a leer su nuevo libro.

El libro que Kibo escribió le contaba sobre el sol redondo y enorme, la frescura de las sombras, los aullidos nocturnos de las bestias.

Simón cerró el libro, tomó su guitarra y se quedó cantando sobre tierras desconocidas y lejanas.

Unos días después, Simón fue al cine. En la sala conoció a una gallina muy simpática, Valentina. Después de la película, tomaron un café y Simón le regaló a Valentina el libro que tanto apreciaba.

Como Valentina tenía que viajar en avión para visitar a su primo, se llevó el libro a bordo y se pasó horas leyendo sus páginas. El libro que Kibo escribió le contaba sobre las danzas blanquinegras de las cebras, los charcos de agua como espejos, el perfume de los pastos amarillos.

El Polo Norte era más blanco y más frío que cualquier palabra usada para describirlo. Valentina abrazó a Nanuk, su primo, y lo primero que hizo fue regalarle el libro.

Esa noche, mientras Valentina dormía, Nanuk se sentó en su silla de leer. Con sus garras blancas tomó el libro.

Ya era noche oscura en el Polo Norte. Las nubes heladas se amontonaban sobre su jardín blanco. La ventisca le sacudía el pelaje y las ballenas cantaban debajo del hielo. Abrigado por el calor de la sabana, Nanuk estiró las patas y cerró el libro que había terminado. El libro que Kibo escribió.

© Texto e ilustración: Mariana Ruiz Johnson, 2018
Publicado según acuerdo con la Phileas Fogg Agency,
www.phileasfoggagency.com
Primera edición en castellano: septiembre de 2021
© 2021, de la presente edición, Takatuka SL
www.takatuka.cat
Maquetación: Volta Disseny
Impreso en Novoprint, España
ISBN: 978-84-18821-06-6
Depósito legal: B 12428-2021